AF363774

Nimes 5 mai

VENTE A NIMES

Aux Enchères Publiques

Pour cause de départ

D'OBJETS D'ART

ET D'AMEUBLEMENT

des styles Louis XIV, Louis XV, Louis XVI et Empire

TABLEAUX

des Ecoles Italiennes, Flamande, Hollandaise
et Française des XVII* et XVIII* siècles

BELLES TAPISSERIES

de Bruxelles et d'Aubusson

DÉCORATIONS

par PILLEMENT et d'après BOUCHER

GRAVURES & DESSINS

La vente aura lieu à Nimes, 3, rue Dorée, les 5 et 6 MAI 1902, par le ministère de Mᵉ Rossignol, Commissaire-Priseur.

NIMES
IMPRIMERIE BOYER-RAMUS FILS
39, rue Nationale, 39
1902

VENTE A NIMES

Aux Enchères Publiques

Pour cause de départ

D'OBJETS D'ART

ET D'AMEUBLEMENT

des styles Louis XIV, Louis XV, Louis XVI et Empire

TABLEAUX

des Écoles Italiennes, Flamande, Hollandaise
et Française des XVIIe et XVIIIe siècles

BELLES TAPISSERIES

de Bruxelles et d'Aubusson

DÉCORATIONS

par PILLEMENT et d'après BOUCHER

GRAVURES & DESSINS

La vente aura lieu à Nimes, 3, rue Dorée, les
5 et 6 MAI 1902, par le ministère de Me Rossignol,
Commissaire-Priseur.

NIMES
IMPRIMERIE BOYER-RAMUS FILS
39, rue Nationale, 39
1902

ORDRE des VACATIONS

Lundi 5 Mai

Meubles, Faïences, Bibelots, Livres, Gravures, quelques
Tableaux et Statues. Vaisselle.

Mardi 6 Mai

Tableaux, Gouaches, Pastels, Gravures rares, Peintures
Décoratives. Tapisseries.

Vacations le matin de 10 heures à midi et
le soir de 2 heures à 6 heures

CONDITIONS DE LA VENTE

La vente aura lieu au comptant, sauf accord préalable.
— Les acquéreurs paieront 6 o│o en sus du prix des
adjudications.

Les attributions de toiles non signées ne sont qu'indicatives
sans garantie. Il ne sera admis aucune réclamation après
les adjudications.

DÉSIGNATION

MOBILIER

STYLE LOUIS XIV

1 — Grande glace de cheminée en noyer finement sculpté d'après un modèle ancien.

2 — Deux bois de fauteuil en bois de poirier finement sculptés d'après ceux de la collection Lowengard.

3 — Console de l'époque de Louis XIV en bois sculpté, autrefois dorée, peinte en divers tons.

4 — Quatre encoignures de l'époque de Louis XIV en bois sculpté.

5 — Glace de Venise de l'époque de Louis XIV, verre gravé avec écusson, cadre en bois sculpté, avec sa vieille dorure.

6 — Cadre de l'époque de Louis XIV sculpté, dorure ancienne, avec console destinée à une statuette.

7 — Tapisseries modernes d'Aubusson, style Louis XIV, pour canapé, 4 fauteuils, 4 chaises, en pièces et en parfait état.

8 — Petite glace du temps de Louis XIV, cintrée, en bois sculpté, nouvellement dorée.

9 — Coffre-fort en fer forgé, de l'époque de Louis XIII, avec serrure monumentale (pareil à ceux du musée de Cluny).

10 — Commode Provençale ancienne, en noyer sculpté, avec poignées et entrées en cuivre.

STYLE LOUIS XV

11 — Grand canapé, cintré, à pans recourbés, en bois sculpté du temps de Louis XV et six fauteuils et deux bergères du même, le tout monté en blanc, sauf les deux bergères qui ont leurs vieilles soies vert-pomme.

12 — Deux autres bergères, dont l'une de l'époque de Louis XV et l'autre neuve, recouvertes en damas vert, copié sur les deux autres.

13 — Deux autres bergères, dont une de l'époque Louis XV et l'autre neuve recouvertes de tapisseries à la main, copiées sur modèles anciens. Plus deux fauteuils Louis XV, à médaillons, dont l'un ancien, montés en blanc.

14 — Pendule Boule, style Louis XV et deux flambeaux à cinq branches du même.

15 — Deux petits chandeliers de style Louis XV en cuivre ciselé.

16 — Quatre commodes de l'époque de Louis XV, dont une en marquetterie, dessus marbre gris perle, et trois en noyer sculpté, avec entrées et poignées en cuivre.

17 — Cinq grandes armoires Provençales du temps de Louis XV, Louis XVI en noyer sculpté et belles ferrures.

18 — Devant de feu, style Louis XV, en fer et cuivre doré.

STYLE LOUIS XVI

19 — Deux commodes en marquetterie de l'époque de Louis XVI, avec cuivres de l'époque.

20 — Deux glaces Louis XVI de l'époque avec frontons en bois sculpté et doré.

21 — Deux tables à jeu de l'époque de Louis XVI, en marquetterie, pour cartes, dames, échecs et tric-trac, avec leurs palets en ébène et ivoire.

22 — Deux petits flambeaux du style Louis XVI en cuivre ciselé.

23 — Deux chandeliers anciens, en cuivre, montés en lampes à ampoules.

24 — Deux autres chandeliers, du temps de Louis XVI, à perles, en cuivre argenté et montés en lampes à ampoules.

25 — Deux coffrets à gants et bijoux du temps de Louis XVI, dont l'un en cuir orné de clous en cuivre et l'autre couvert de velours bleu brodé d'argent.

STYLE EMPIRE

26 — Pendule à socle de marbre rouge avec bas relief représentant « Homère et les bergers » et surmonté d'un très beau bronze : « Homère chantant ».
Elle est signée: *N. T. (Thomire ?)*.

27 — Glace psyché avec appliques et couronnement des colonnes en cuivre ciselé et doré.

28 — Flambeaux en bronze ciselé et doré.

29 — Plateau rond, reposant sur des griffes de lion en bronze ciselé et doré ; fond glace.

30 — Cariatides en bois sculpté et doré, représentant des bustes de femmes sur pieds de taureau.

31 — Console acajou plein avec colonnes à chapiteaux de bronze ciselé (colonnes modernes).

STYLE RESTAURATION

32 — Un canapé, quatre fauteuils, quatre chaises et quatre tabourets, plaqués en acajou frisé et recouverts en tapisserie à la main de style Empire.

33 — Canapé divan, deux fauteuils et deux chaises en acajou massif recouverts en velours frappé.

34 — Console acajou dessus marbre blanc.

35 — Guéridon de milieu, de forme ronde en acajou, dessus en marbre.

FAIENCES

36 — Deux légumiers en faïence de Goult, très beaux. Les couvercles seuls sont intacts.

37 — Fontaine en faïence de Goult, sans sa vasque. Très belle pièce.
Lot de faïences et porcelaines diverses. Plats, assiettes, potiches, étains, cuivres et bibelots inventoriés à part.

STATUES

38 — Groupe des trois statues de Michel Ange « *Le Julien, le Jour et la Nuit* » du tombeau des Médicis. Réduction du Louvre (Sauvageot) galvanoplaqué à l'étain par Caussinus.

39 — Buste en terre cuite par Carrier-Belleuse. Tête de femme d'une mélancolie exquise. Signé : *Carrier*.

40 — Biscuit de Limoges. Buste de Shakspeare d'après Carrier-Belleuse.

41 — La baigneuse d'Allegrain en biscuit de Limoges.

42 — Terre cuite. Signée : Joncery ; *Gavroche et sa sœur*. Statuettes diverses.

TABLEAUX

AQUARELLES, PASTELS ET DESSINS

Ecoles Italiennes

LUDOVICO CARDI (école Toscane)
(Attribué à)

43 — « *Christ au roseau* ». Réplique, avec variantes, du tableau du même maitre au palais Pitti à Florence. Cadre Louis XIII à biseau en noyer rouge ancien avec filet or.

Haut., 110 cent.; larg., 0,80 cent.

LUDOVICO CARDI
(Attribué à)

44 — *St-François-d'Assises aux stigmates.*

Haut., 0,30 cent.; larg., 0,22 cent.

ZAMPIERI dit LE DOMINIQUIN
(Ecole Bolonaise)

45 — « *Le triomphe de l'amour* ». L'amour, entouré d'une couronne de fleurs, guide son char trainé par deux colombes. — Gracieux petit tableau coupé dans un plus grand et ayant *exactement les mêmes dimensions* que la partie enlevée (et rajustée) dans le grand tableau du même maitre qui se trouve au Louvre sous le (n° 1616). Cadre Louis XIV du temps sculpté et doré.

Haut., 58 cent.; larg., 48 cent.

ZAMPIERI dit LE DOMINIQUIN

46 — « *Head of St-John the Baptist* ». Telle est l'inscription, en anglais, qui figure sur la tranche du chassis de cette toile. Pas de cadre.

Haut., 60 cent.; larg., 45 cent.

GUIDO RENI (d'après)

47 — « *La Cenci* ». Copie (?) très ancienne du célèbre tableau de la galerie Barberini à Rome. Cadre du temps en bois doré.

Haut., 60 cent.; larg., 45 cent.

Ecole de Raphaël

48 — « *La Vierge à l'enfant bénissant* ». Délicieuse toile de l'école Romaine. (Probablement Polydore de Caravage, le meilleur élève de Raphaël). Ce tableau, d'un dessin parfait et d'un coloris charmant, en clair obscur, rappelle le sentiment de la fameuse « *Vierge à la chaise* » de la galerie des Offices, à Florence.

Haut., 0,75 cent.; larg., 0,62 cent.

CERQUOZZI

49 — *Nature morte.* Melon, figues et raisins sur un plateau.
Haut., 55 cent.; larg., 45 cent.

BÉNEDETTE CASTIGLIONE
(Ecole Génoise)

50 — *Départ de Jacob de chez Laban.* L'ébauche de ce tableau, l'un des meilleurs du maître, est au musée d'Albi. Le tableau est signé à gauche par le portrait du peintre, qui regarde passer la caravane.
Haut., 155 cent.; larg., 230 cent.

51 — Lot de dessins anciens des ecoles d'Italie. Ils seront vendus séparement.

Ecoles Flamande et Hollandaise

ROLAND SAVERY

52 — « *Le Paradis terrestre* ». Curieux tableau sur bois avec son cadre du temps en chêne sculpté et doré.
Haut., 75 cent.; larg., 125 cent.

HENRI DE BLÉS, dit CIVETTA

53 — *L'ange et Tobie.* Paysage primitif. Signé, au milieu, d'une chouette cachée dans le feuillage du chêne. Cadre ancien en bois sculpté et doré.
Haut., 95 cent.; larg. 75 cent.

Ecole de Rembrandt

54 — Tête d'homme à bonnet de fourrure ; d'une touche hardie. Cadre du temps, sculpté et doré.
Haut., 65 cent.; larg. 50 cent.

ADRIEN VAN DE WELDE
(attribué à)

55 — *Paysage avec animaux.* Très fin et très juste.
Haut. 0,42 cent. larg 0,32 cent.

VAN BALEN et BRUEGHEL

56 — « *Noli me tangere* ». Les personnages sont de Balen et le paysage de Brueghel. Collaborateurs habituels de Rubens, ils ont copié la Madeleine de la grande descente de **croix** d'Anvers.
Haut. 0,42 cent. larg. 0,50 cent.

RUBENS et ERASME QUINLING

57 — « *Le triomphe de Silène* ». La composition est de
Rubens, qui a souvent traité ce sujet. L'exécution
très brillante, sûre et fine est d'un de ses meilleurs
collaborateurs : Erasme Quinling vraisemblablement.

Haut. 0,45 cent. larg. 0,80 cent.

RUBENS et GRIFFIER

58 — « *La vengeance de Thomyris* » : La reine des Scythes
fait décapiter Cyrus, son prisonnier, devant toute sa
cour, et fait plonger sa tête dans son propre sang.
La composition de ce tableau est de Rubens, qui a
plusieurs fois traité ce sujet (voir le dictionnaire de
Larousse au mot Thomyris). L'original faisait partie
de la galerie du duc d'Orléans et fut acheté, en 1798,
12,000 guinées par le Comte de Darnley. Griffier, artiste
de talent, élève de Rogman et de Rembrandt, le pasti-
cha, en le modifiant, suivant son habitude (signature
sur une marche du perron). — En rapprochant la
gravure de l'original du pastiche on remarque facile-
ment les modifications.

Haut. 0,62 cent. larg. 0,75 cent.

La gravure sera vendue avec le tableau.

DAVID DE HÉEM
(*attribué à*)

59 — *Raisins sur un plateau.* Cadre Louis XIV en chêne
sculpté et doré.

Haut. 0,45 cent. larg. 0,52 cent.

Ecole Flamande

60 — *Nature morte.* — Fleurs, fruits et oiseaux morts, (gri-
ves et bouvreuils). — Très fin.

Haut. 0,62 cent. larg. 0,82 cent.

SCALCKEN GODEFROI
(*attribué à*)

61 — *Le savant solitaire.*

Haut. 0,27 cent. larg. 0,22 cent.

SUBSTERMANS
(*attribué à*)

62 — Portrait de la reine Elisabeth, fille de l'Empereur
Maximilien, femme de Charles IX, en costume reli-
gieux, après son veuvage. Cadre ancien bois doré.

Haut. 0,25 cent. larg. 0,20 cent.

SEGHERS et RAPHAEL (d'après)

63 — Copie ancienne de la vierge d'Albe de Raphaël dans
une couronne de fleurs par Seghers. Cadre en bois
sculpté et doré,

Haut. 0,28 cent. larg. 0,36.

J.-J. EECKHOUT (1793-1861)

64 — « Arrestation de Marie Stuart » charmant petit tableau dans la note claire de Bonington. Signé à droite.

Haut., 0,32 cent.; larg., 0,12 cent.

H. WINTERHALTER

65 — *Porait de Lola Montès, comtesse de Mansfeld.* La célèbre aventurière est représentée, à mi-corps, sur un fond de ciel orageux et de mer agitée ; symboles de sa vie. Signé à gauche.

Haut., 115 cent.; larg., 0,85 cent.

J.-W. BILDERS

66 — *Paysage montagneux* ; à la sépia. Signé à droite.

Haut., 0,98 cent.; larg., 0,58 cent.

Ecole Française

SIMON VOUET

67 — *L'adoration des bergers.*

Haut., 1 m. 25 cent.; larg., 1 m. 20 cent.

NICOLAS POUSSIN

68 — *Moïse en prière devant le buissson ardent.* Tableau de forme ronde. Cadre du temps en bois sculpté et doré.

Diamètre, 0,78 cent.

GASPARD DUGHET
(DIT LE PETIT POUSSIN)

69 — Paysage. *Effet de soleil après l'orage.* Cadre du temps en bois brut.

Haut. 1 m. 48 cent.; larg. 1 m. 36 cent.

ANTOINE COYPEL
(Attribué à)

70 — *Combat singulier de Turnus et d'Enée.*

Haut., 1 m. 55 cen.; larg., 2 m. 35 cent.

FERDINAND (l'aîné)

71 — *Portrait de grande dame, en Diane chasseresse.* (Mme de Sévigné dit-on). Cadre du temps de Louis XIII en bois doré.

Haut., 0,80 cent.; larg., 0,65 cent.

Ecole Française du XVIIme Siècle

72 — Portrait de Mme de Grignan (par Mignard l'Avignonnais; vraisemblablement). Cadre ancien Louis XIV, sculpté et doré.

Haut., 0,52 cent.; larg., 0,42 cent.

CHARLES LE BRUN

73 — Portrait de Louis XIV jeune en cuirasse et cravate Lavallière. Cadre ancien sculpté et doré.

Ovale de 0.40 cent.: larg., 0.32 cent.

HYACINTHE RIGAUD
(Attribué à)

74 — Portrait de Louis XIV ; costume d'apparat, manteau royal, collier du St-Esprit. Dans son cadre de l'époque en bois sculpté et doré.

Haut., 0.80 cent.: larg., 0.65 cent.

NICOLAS LARGILLIÈRE
(attribué à)

75 — *Portrait d'homme jeune*, très beau, en somptueux costume. (Paraît être le futur maréchal de Villars). Fait pendant au précédent, mêmes dimensions et même cadre.

Ecole Française du XVIIe siècle

76 — *Portrait de jeune homme* en cuirasse argent et or.

76 bis *Portrait de femme* de l'école du XVIIe siècle, dans un cadre ovale moderne.

Haut. 0.70 cent. larg. 0.55 cent.

77 — *Portrait d'homme de guerre*, âgé, à mine sévère, balafre au front. Cuirasse argent et or. En bas, à droite, des armoiries compliquées avec ce nom sur une cartouche : *Micaël Ricou 1608*. Cadre du temps de Louis XIII en bois naturel.

Haut. 0.70 cent. larg. 0.68 cent.

DESPORTES

78 — *Petit épagneul arrêtant deux perdrix grises.*

Dessus de porte de 0,75 cent. de haut. et larg. 0.02.

LEMOINE

79 — *Vulcain présente à Vénus les armes forgées pour Achille.* Gouache sur parchemin avec baguettes anciennes.

Haut. 0.30 cent. larg. 0.40 cent.

N. MIGNARD
(attribué à)

79 bis *Portrait de Mlle de Gesvres* (trop restauré. Sans cadre)..

LÉPICIÉ

80 — Galilée en prison — (*Et pourtant elle tourne !*) Très belle tête d'expression, encadrée dans une baguette du temps de Louis XIV.

haut. 0,75 cent. larg. 0,60 cent.

FRANÇOIS BOUCHER
(attribué à)

81 — *Bacchanale*.

Toile ovale de 0,40 cent de haut. et 0,30 cent. de larg.

J. BOUCHER (d'après)

82 — *Le bain de Diane.* — Copie sur porcelaine du tableau du Louvre,

Ovale de 0,33 cent. : et 0,22 cent. de larg.

J. BOUCHER (d'après)

83 — Dessus de porte d'après le tableau gravé : *La fécondité.* (La gravure sera vendue avec).

haut. 0.62 cent.; larg 1,30

F. BOUCHER (d'après)

84 — Dessus de porte ; pendant du précédent : *Jupiter repousse les plaintes de Vénus.*

Mêmes dimensions.

F. BOUCHER (pastel)
(attribué à)

55 — *Le bouton de rose.* — Jeune femme pamée. Pastel dans son mauvais petit cadre de l'époque.

haut. 0,40 cent. : larg. 0,30

Ecole Française du XVIIIe siècle

86 — Dessus de porte. — *Baigneuses.*

haut. 0,90 cent. ; larg. 105

LATOUR ou ROSALBA
(attribué à)

87 — *La petite capote.* Pastel dans son mauvais petit cadre du temps. Fillette naïve, vue de face, sous l'ombre portée de sa capote de paille.

Haut., 40 cent. : larg.. 30 cent.

Ecole Française du XVIIIe siècle

88 — *Portrait de Louis XV très jeune*, d'après Van Loo. Pastel dans un cadre du temps.

Haut., 45 cent.: larg., 33 cent.

Ecole Française du XVIIIe siècle

89 — *Tête de jeune fille* dans son vieux cadre du temps.

Haut., 40 cent.; larg., 30 cent.

VIGÉE LE BRUN
(attribué à)

90 — Portrait présumé de Beaumarchais. Cadre ovale en chêne sculpté brut et filet doré. Figure pétillante d'esprit, d'une touche ferme et légère (On l'a aussi attribué à Vestier et à Lépicié).

haut., 70 cent.; larg., 55 cent.

VIGÉE LE BRUN
(attribué à)

91 — *Son portrait en buste très jeune.* Ebauche sur carton. (détérioré).

haut., 60 cent.; larg. 48 cent.

VIGÉE LE BRUN (d'après)

92 — *Portrait de la princesse de Polignac à 17 ans.* Ebauche sur papier collé sur bois. Cadre Louis XVI en bois sculpté et doré.

haut., 41 cent.; larg., 30 cent.

VAN LOO

93 — *Bethsabée au bain.* (Vient de la galerie d'Arsène Houssaye).

haut. 0,95 cent.; larg. 0,85 cent.

93 bis Dessus de porte: *Le petit sculpteur,* sans cadre.

haut., 110 cent.; larg., 70 cent.

JOSEPH VERNET

94 — Dessus de porte: *Vue d'une rade et d'un chantier maritime.* Dans son cadre du temps, en bois sculpté, ayant été doré.

haut., 70 cent.; larg., 190 cent.

J. VERNET

95 — Sujet analogue; mêmes dimensions et même cadre ancien.

J. VERNET

96 — Marine. *Lever de soleil dans le brouillard.*

haut., 60 cent.; larg., 80 cent.

TEMPESTA

97 — Marine, (genre J. Vernet). *Naufrage.*

haut., 64 cent.; larg., 78 cent.

Ecole Provençale du XVIII siècle

98 — *Portrait de jeune fille en costume et coiffure du temps.* Sans cadre.

haut., 72 cent.; larg., 58 cent.

BOILLY

99 — *Portrait du peintre Sigalon jeune.* Charmant petit tableau.

haut., 23 cent.: larg.: 20 cent.

PRUD'HON

100 — *Portrait de Mme Rolland en 1793.* Cadre en bois sculpté et doré.

Haut., 0,58 cent.: larg., 0,44 cent.

GÉRICAULT

101 — Étude et chevaux à l'écurie, sur papier rapporté sur toile.

Haut. 0,50 cent.: larg., 0,61 cent.

Ch. GIRAUD

102 — Marine sur la côte Provençale. Signé.

HORACE VERNET
(Attribué à)

103 — Retour de la *razzia.* Chasseurs d'Afrique et zouaves de 1835.

Haut., 0,22 cent.: larg., 0,32 cent.

E. LEFEBVRE

104 — Nature morte. Signée à droite.

haut. 0,62 cent.: larg., 0,50 cent.

Louis DESCHAMPS

105 — Portrait de jeune femme. Signé et daté.

haut., 0,21 cent.: larg., 0,18 cent.

Louis DESCHAMPS

106 — *L'Adoration des bergers.* Dessin à la plume et à l'encre de chine avec dédicace. Signé.

haut., 0,28 cent.: larg., 0,22 cent.

Louis DESCHAMPS

107 — *Première Rêverie.* Signé à droite.

haut., 0,54 cent.: larg., 0,38 cent.

LE QUESNE

108 — *Les marguerites effeuillées par l'amour.* Expositions de 1889 et de Munich. Gravé et reproduit en divers genres. Signé à gauche.

haut., 2 m. 05 cent.: larg., 1 m. 15 cent.

LE QUESNE

109 — *Les deux Sphinx.* Signé à gauche.

haut., 1 m. 18 cent.: larg., 1 m. 70 cent.

AURORA

110 — *Roses du Bengale*. Aquarelle. Signée.

haut., 0.54 cent.; larg., 0.35 cent.

E^{ug}. FLANDIN

111 — *Le bain maure du Dey à Alger*. Aquarelle. Signée.

haut., 0.34 cent.; larg., 0.50 cent.

STÉPHANE BARON

112 — *L'Enfant du Naufragé*. Signé à gauche.

haut., 0.30 cent.; larg., 0.40 cent.

F. CORMON
(Attribué à)

113 — *Le coup de tonnerre*. Ebauche au pinceau, d'une grande vigueur, rappelant Delacroix. Signé à gauche des initiales F. C.

haut., 0.32 cent.; larg., 0.35 cent.

G. RIVE

114 — *Effet de soleil sous bois*.

haut., 0.55 cent.; larg., 0.56 cent.

F. SCHOMMER (Prix de Rome)

115 — *Je vous ferai pêcheurs d'hommes*. Signé et daté de 1875. Cadre Louis XV.

haut., 0.35 cent.; larg., 0.20 cent.

HENNER (d'après)

116 — *Déposition de la Croix*. — Copie de Henner par Pizza.

haut., 0.33 cent.; larg., 0.25 cent.

NOEL BOUDY

117 — *Sous bois*. — Effet de soleil. — Signé.

haut., 0.20 cent.; larg., 0.40

NOEL BOUDY

118 — *Sous bois* et autres études du même peintre.

PIZZA (d'après Thomas)

119 — *Bouquet de fleurs dans un vase*.

haut., 0.50 cent.; larg., 0.60

A. SERVANT

120 — *Porte de Tanger*. (Etude).

haut., 0.36; larg., 0.43 cent.

A. SERVANT

121 — *Intérieur de cour de maison arabe à Tanger*. (Etude).

haut., 0.48 cent.; larg., 0.52 cent.

Autres études du même peintre en Algérie, au Maroc, en Espagne et en Portugal.

FROMENTIN
(attribué à)

122 — *Cavalier Grec à Fustanelle.*

haut. 0,33 cent. ; larg. 0,30 cent.

SATSMITH

123 — *Cheval et chien à l'écurie.* — Aquarelle anglaise signée et datée 1831.

haut. 0,20 cent. ; larg. 0,35 cent.

HERSENT

124 — *Abdication de Gustave Vasa.* Maquette du célèbre tableau de Hersent, exposé au salon de 1819 et acheté par Louis-Philippe, alors duc d'Orléans. L'original a été brûlé en 1848 au sac du Palais Royal. Il a été gravé par Henriquel Dupont (Renseignements fournis par feu Jalabert, le peintre bien connu).

La lithographie du tableau sera vendue en même temps que la maquette.

haut., 45 cent.; larg.. 51 cent.

AUTEUR INCONNU

125 — *Vue de l'incendie à Nice du Palais de la jetée le 1 avril 1885.* Etude saisissante, de main de maitre, sur papier rentoilé.

haut.. 58 cent.; larg.. 44 cent.

ÉTUDES ET CROQUIS DIVERS NON CATALOGUÉS

GRAVURES
de De BUCOURT

126 — *Les bouquets.*

127 — *Les compliments.*

Gravures anciennes en couleur, cadres Louis XVI modernes.

BOILLY

128 — *Ah ! comme il y viendra...* Gravure ancienne en couleurs et au pointillé, par Chavareau d'après Boilly. Baguette dorée de l'époque.

Nombreuses gravures des XVIIme et XVIIIme siècles non cataloguées et qui seront vendues séparément.

TOILES DÉCORATIVES

129 — Décoration de salon, par Fillement, composée de quatre grands panneaux, représentant les quatre saisons; d'après les tableaux du maître décorateur, et de quatre entre-deux à sujets champêtres. Les huit panneaux, encadrés de rinceaux Louis XV, ont 2 m. 70 cent. de hauteur et varient de 1 à 2,50 pour les saisons.

Les gravures anciennes, d'après les quatre saisons de Fillement, gravées par Canot, Mason et Woollet, sont jointes aux panneaux pour les authentiquer.

Cette remarquable décoration est complétée par les deux dessus de porte, d'après Boucher, mentionnés aux numéros 83 et 84 du présent catalogue.

TAPISSERIES

130 — Verdure d'Aubusson, avec bordure à fleurs diverses, réparée à neuf. (Trois mètres en tous sens).

131 — Série de six tapisseries de Bruxelles, signées Leynier, de l'époque de Louis XIV, sujets à personnages moins grands que nature, tirés de l'histoire de Cléopatre et d'Antoine. Tonalité claire, ambrée, grain très fin. moitié soie. Cinq des panneaux ont été réparés à neuf et le 6e a à peine besoin de l'être. — Hauteur 2m 90, largeur variant de 5 mètres à 4m 80 c. — 3m 80, — 3m 20, 2m 70 et 1m 70.

Très belles bordures à rinceaux de fleurs et d'oiseaux.

(Toiles peintes et tapisseries sont tendues dans l'appartement).

132 — Tapisserie à la main, époque de Louis XVI, en soie pour petit canapé Louis XVI.

133 — Tapisseries à la main, en soie, d'après des modèles Empire, pour trois fauteuils.

134 — Très grand tapis de salon en Aubusson moderne.

135 — Quatre rideaux en Aubusson moderne.

ETOFFES ET BRODERIES DIVERSES

Nîmes. — Imprimerie BOYER-RAMUS, Fils. 34, rue Nationale